R$ 17,00

Elegias Urbanas

poemas

MARCO VASQUES

Bem-Te-Vi

CIP-Brasil. Catalogação-na-fonte
Sindicato Nacional dos Eleitores de Livros
V462e Vasques, Marco, 1975
Elegias urbanas : poemas
Marco Vasques. - Rio de Janeiro : Bem-Te-Vi, 2005
64p. : . -(Canto do Bem-Te-Vi)
ISBN 85-88747-13-8
1. Poesia brasileira
I. Título. II. Série.
05-1239 CDD 869.91
CDU 821.134.3(81)-1
18.04.05 22.04.05 009908

Bem-Te-Vi

Av. Presidente Wilson, 321, 10º andar
Centro, Rio de Janeiro, RJ
Cep 20030-021
Fone: (21) 3804.8678
Fax: (21) 3804.8670
E-mail: bem-te-vi@bem-te-vi.net
www.editorabemtevi.com.br

Editoras Responsáveis
VIVI NABUCO E LUCIA ALMEIDA BRAGA

Editora Executiva
LÉLIA COELHO FROTA

Assessoria Jurídica
MANOEL NABUCO

Comissão de Poesia da Coleção Canto do Bem-te-vi
ARMANDO FREITAS FILHO
LÉLIA COELHO FROTA
LUCIA ALMEIDA BRAGA
LUIZ PAULO HORTA
SILVIANO SANTIAGO

Design Gráfico
FERNANDA PINTO

Revisão dos autores

APRESENTAÇÃO

As Elegias Urbanas de Marco Vasques buscam recuperar contemporaneamente um lirismo hoje ausente, que é próprio dessa forma poética, marcada pelo tom de lamento triste, e que foi muito explorada no Brasil no pós Segunda Guerra Mundial, principalmente por poetas como Cecília Meireles e Murilo Mendes, inspirados na repercussão fabulosa obtida por Rilke com sua obra poética e principalmente com as Elegias de Duíno. O tom apocalíptico característico nesses poetas ainda ecoa de forma sutil nestas Elegias Urbanas, assim como uma bomba atômica, envergonhada, é certo; porém o que mais resplandece nelas, e é esse seu maior acerto, é o registro desencantado mas ao mesmo onírico e surreal da vivência urbana contemporânea.

Ressalta uma das elegias que "o perfume da última bomba atômica/ cometeu suicídio por sentir vergonha", notícia que deveria ser comemorada não fosse a anestesia absurda e nauseabunda que se pressente e expressa na alteridade dessa voz poética. É nela que se constata que o sentimento apocalíptico subsiste de forma pulverizada em todos os humanos, "carregando armas/ nos porta-malas// e a bagagem que nos sobra/ são metais agudos asfalto/ faixas prédios advertências/ placas ossos vozes e verbos/ que ressoam no ouvido". Nas elegias de Vasques evidencia-se que o potencial de destruição do humano se miniaturizou e se pulverizou, resultando num sujeito cindido e agônico que busca uma univocidade, constatada possível somente através da linguagem.

Solidão, miséria, vazio, falta de sentido para a vida, o amor controlado pela assepsia dos laboratórios e a sombra do suicídio rescendem dos poemas denotando o que é contemporaneamente a existência urbana nas grandes

cidades. A vida urbana, em sua rotina, padece amputada de experiências e de ritos que lhe dêem sentido, situação que causa anestesiamento e o espanto de se descobrir "ainda a respirar", após apalpar-se a face no espelho e auscultar-se num estetoscópio. Em lugar do homem o que há é um espantalho oco e as Elegias Urbanas de Marco Vasques, em sua vitalizante negatividade, vão contra a barbárie e assinalam a única positividade possível à arte, epigrafada por Maiakóvski num dos seus poemas: "Que a terra gema em sua mole indolência:/ Não viole o verde das minhas primaveras/ Mostrando os dentes, rirei ao sol com insolência:/ No asfalto liso hei de rolar as rimas veras!"

Nesse cenário, portanto, essas elegias são uma afirmação de uma experiência sensível, recuperada na poesia, a se colocar contra o estado de coisas que submete o humano à coisificação e à numeração desde sempre rotineiras. Plangentes, essas elegias expõem a finitude como uma onipresença desanestesiante – "o cemitério é aqui e ali/ na estrada rua casa/ retrato na parede foto/ lembrança objeto guardado/ beijo abraço noite de sexo" - e foram escritas para lembrar que a vida está ao alcance da mão de cada um, à flor da pele.

Ademir Demarchi, poeta, editor da revista de poesia Babel

Para Renato Russo
Cássia Eller
Cazuza

Fabiano Antunes Aguiar
in memoriam

e para Letícia Tambosi,
amiga e primeira leitora

O poeta desaparece por trás de sua voz, uma voz que é sua porque é a voz da linguagem, a voz de ninguém e de todos. Qualquer que seja o nome que demos a essa voz – inspiração, inconsciente, acaso, revelação – é sempre a voz da alteridade.

Octavio Paz *in Os filhos do barro*

ser poeta é saber abandonar a palavra. (...)
é só estar lá para lhe dar passagem,
para ser o elemento da sua procissão: tudo e nada.

Jacques Derrida *in A escritura e a diferença*

a poesia se encontra frente a frente com a loucura
na tradição ocidental moderna.

Michel Foucault *in As palavras e as coisas*

1

Bem verás como, quando lá chegares,
Pode a distância o sentido enganar

Dante *in Inferno, canto XXX*

o incômodo da pele
é o manicômio de pessoas
a atravessar avenidas
carregando armas
                    nos porta-malas

e a bagagem que nos sobra
são metais agudos asfalto
faixas prédios advertências
placas ossos vozes e verbos
que ressoam no ouvido
e se transformam em campânula
          eclâmpsia
morredouro do sentido

o cemitério é aqui e ali
na estrada rua casa
retrato na parede foto
lembrança objeto guardado
beijo abraço noite de sexo
tudo não passa de uma cruz na entrada
a anunciar nossos mortos e vivos

e o tempo que nos sobra
sorve as flores do vestido
dependurado no cabide
que anuncia a ausência do corpo
e a resistência da tintura e do espinho

2

Nós somos os homens ocos
Os homens empalhados
Uns nos outros amparados
O elmo cheio de nada

T. S. Eliot

e nas veias fetos caminham
em direção ao abismo

e

flores mascam cimentos
vômito inodoro
sobre o suor carcomido de uma pedra
no esgoto que rumoreja o céu
e braços de bonecas atravessam a estrada
onde um homem engole o papel recolhido
e mais uma máscara se instala na árvore
com frutas de plástico sobre o nervo

e nas vias fetos caminham
em direção ao nada

uma esquina respira o menino
outra esquina dorme a menina
semáforo uma maçã come o intestino vazio

vermelho engolido pela ferrugem
da pele que aspira as piras do desejo incontinente
e expia as ásperas raízes de
uma árvore que flutua sobre a cabeça de um homem

todos na ferragem
prelúdio do incesto
e o esquecimento da terra
vem com os homens no prelo

3

Descontente com todos e descontente comigo,
bem gostaria de me resgatar e me orgulhar
um pouco no silêncio e na solidão da noite.

Charles Baudelaire

caminhei mais duas horas de meu
dia com o pensamento e olhar
naquela cadeira de rodas que
atravessa a rua autômata

e

sem sangue e sem riso
um botão substitui o caminhar

e eu que saí de casa
de olhos vendados
vi homens tristes nas esquinas
e mulheres baratas à minha espera
seios tatuados com cifras
de todos os dinheiros
dependurados em fios elétricos
prontos para o choque dos corpos suados
dos homens que abrem valetas
na rua onde serão enterradas

suas próprias carnes
que jazem no esgoto jamais estancado
aberto pelos braços agora amputados

vi tudo isso e muito mais

outra cadeira de rodas vazia
sob a árvore da praça
onde crianças riam nas gangorras
de ferro
que mais parecia
um pátio de hospital
ou mesmo o inferno

e eu que saí de casa
de olhos vendados
vi tudo isso e muito mais

4

Se beber te é amargo, torna-te vinho

Rilke *in Sonetos a Orfeu*

o derrubar do cenáculo
morreu na escadaria da catedral
por onde passam
            o sangue e o vinho
numa mistura de carne
e roupas ocupadas
            por pedras soltas
que escapam dos ventres

e não mais furam olhos
e muito menos ocupam o tempo
            e tudo vira pedra
neste templo em que rezamos
tudo está determinado
            apenas a escolha
da taça quebrada
e o amargo da veia ou do vinho
agasalhado na marquise
alteram o interesse do paladar

e na geladeira
ainda esquartejamos o corpo
em busca de um ar que

possa ser descongelado

quando o gelo dentro do copo
traz a lembrança das roupas
e do estômago imersos
no cimento da escadaria

e ainda dizem que tudo vira pó

5

Assim, na santa imagem, me recorda
os dois lumes ter visto, ao seu falar,
tal como pestaneja quem concorda,
fazerem seus lampejos tremular.
Dante *in Paraíso, canto XX*

as flores da cidade
plantadas por decreto
velam prédios homens
casas e balançam apenas
com o vento metálico
      dos automóveis

não espiam pela janela
nenhum traço de vida
e são plásticos decorativos
em apartamento estrada favela
universidade estante
            triângulo de tintas
e ainda

incorporaram a sisudez
do aço e do concreto
que exalam ferrugem
da alma daquele homem
escudo de vidro como pele

por onde enxerga órgãos
sintéticos em funcionamento

e se orgulha de nada sentir
agradecendo às máquinas
o ingresso na eternidade
ele mesmo máquina e túmulo
corre na maca da urbanidade
egresso de si mesmo

não mais sabendo o que é flor
plástico aço pedra ou cimento
e com um vaso colorido nas mãos
e uma lágrima na maçã esquerda do rosto
a estátua da praça exibe em letras de ouro
a imagem santa

eis o homem contemporâneo

6

Caiu-me o olhar para a límpida fonte;
Que logo desviei, colhendo a ver a
Imagem da vergonha em minha fronte.
Dante *in Purgatório, canto XXX*

o metal na veia orquestra os órgãos
e desenhos no monturo se acumulam
coração pulmão fígado e voz entram
espontâneos na faca que expia a artéria

e bate no peito um esquife dobrando
a esquina acompanhado pela multidão
com lágrimas de pedra e ranger de
madeiras nas pernas de mortos vindouros

um copo de ácido na saliva
não corrói o aço da faca na garganta
e nem impede o corte vertical
da lâmina que divide a língua

e faz surgir do homem um copo
de vinho dividido em leucócitos e
eritrócitos que escorrem nos dias e nas noites

do outro lado da cidade
encontro outros órgãos longe
da orquestração cotidiana
porém próximos dos risos dos revólveres

e na absoluta solidão
grita a filantropia de um coração andarilho
no desejo de construir uma orquestra sinfônica
em que as facas não sangrem o violino
e a cadeira de rodas posta à frente do piano
não emane a mesma e única música
que ecoa na calmaria dos lagos
onde dormem afogados
meninos com suas canções de ninar
jovens guitarras elétricas homens
mulheres anjos demônios mísseis
moedas cédulas prédios carros
placas de advertência e a desconexão
completa dos dedos sujos de pólvora

no aborto dos órgãos só varia
a estupidez humana em aperfeiçoar
os acordes da vida
quando se está condenado a
tocar sempre a mesma nota

7

É hora de apagar as estrelas - são molestas -
guardar a lua, desmontar o sol brilhante,
de despejar o mar, jogar fora as florestas,
pois nada mais há de dar certo doravante.
W. H. Auden

foi no incesto das sensações
que o verbo se fez fácil
e surgiu a voz de uma carne violada

apaguem todas as sirenes
porque a luz dos olhos
que está na cama ao lado
parou de brilhar

não sabia seu nome
se tinha família
e mesmo o mal que o arrebatou

apaguem as sirenes
e fiquem em silêncio
pois procuro o olhar dele
no vôo escuro de uma ave
pintada na parede branca deste hospital

parem as rodas da ambulância

desligueem os aparelhos
suspendam médicos e enfermeiros
os choques não trouxeram vida
a ciência se tornou inodora
e o capital lixo de esquina

escutem
um homem morre
ao meu lado e nada posso fazer
apaguem as sirenes
quebrem os crucifixos das paredes
destruam as orações
que hoje o verbo não se fez carne
e qualquer palavra é inútil

e no contínuo delírio das sensações
arranco os braços para abraçar-me
e reconheço meu corpo em cada atropelado
exposto na esquina

nesta fácil transição do verbo
um homem procura as mãos numa gaveta
para apalpar a face no espelho
encontra um estetoscópio e ausculta a si mesmo
espantado por ainda respirar

8

Eu sou a coisa, coisificada

Drummond *in Corpo*

a cerca de arame farpado
onde antes dependurávamos nossas roupas
segura todos os fantasmas
e balança sem nenhum pudor
a arqueologia do homem
com seu fóssil estéril transformado em espantalho

e o susto provocado não mais atinge
a fronte a alma e o corpo
porque os delitos estão minimamente incorporados
aos transitórios passos dos prédios que avançam
o mar o céu e se incrustam terra adentro
acidulando as ruínas de ossos com a firmeza
de um metal manipulado nos hospitais
para manter o caminhar parafusado de um homem
que com seu olhar de vidro
não sente a agulha fincada na retina
nem sabe qual será a próxima amputação

assim com os seios queimados por xepas de cigarros
barriga cavada com espátula
        cabelos em chamas
uma navalha enterrada no sexo

e toda a espécie de estocada
jaz na esquina dependurado num poste
um corpo estóico

e todos se divertem com a malhação do Judas

9

E o sonho bateu asas

Nietzsche *in Além do bem e do mal*

os movimentos dos corpos incineram
sobre a cama as secreções e excrementos
buscados em um anúncio de jornal
onde todos os prazeres são oferecidos
ao lado de uma manchete de estupro
e tudo se mistura no jardim de esqueletos poluídos

garças brancas têm asas decapitadas pela
tinta das toalhas em que nos secamos
quando senhoras emparedadas costuram
as fraldas dos nenéns com suas cãs carcomidas

adiante uma flauta em forma de pênis
solta a semente no ouvido de uma cifra
e cria-se voz e movimento entre o acelerar
e o gás carbônico de um escapamento

e mais um estupro nasce com promessa de vingança
e ainda chamam o filho de rebento

não bastasse isso ainda cresce
sob a luz de um poste prostituído
mais uma face cega para o mundo

10

Se tenho gosto, é quase só
pela terra e pelas pedras.
Meu almoço é sempre o ar
a rocha, o carvão, o ferro
Arthur Rimbaud *in Uma temporada no inferno*

há um vaso sanitário sobre a mesa
mas ninguém puxa a descarga
porque no cinema mudo da metrópole
a síndrome do esquecimento não está na tela
e sim nos ouvidos e olhos que moram no ventre

o reconhecimento pelo tato é insuportável
e as cadeiras comunicam ao mastigar matutino
que tudo foi um engano
pois o afiar da faca nos dentes não previa prótese

enquanto o aumentar do volume dos talheres
anuncia a pressa das imagens
todos correm para buscar pernas mecânicas
e um louco de pedra pintado a carvão

faz malabarismos entre os fios elétricos
passando de um poste a outro aos berros
pedindo que todos levem a valsa do casamento

unida às primeiras noites de sexo para suas casas
porque as igrejas e as prostitutas serão exterminadas

11

Ninguém tinha sangue ninguém tinha nome
não tínhamos corpo nem espírito
não tínhamos rosto
Octavio Paz *in Noite em claro*

tomo este mundo por empréstimo
pois ao abrir a torneira
um fórum de escombros costurados
por um dia passado sobre o lençol da solidão
apresenta o escorrer das fantasmagorias
até o lago se compor na conjunção numérica
de porta-retratos vazios espalhados pela casa
onde outrora moraram amores possíveis

faltou-me até o corpo colado à parede
com flores brotando do sexo
onde uma língua estranha lixava a carne
até boiar com pernas braços e cabeças
de bonecas na putrefação de uma vala de subúrbio

agarrei-me ao merchandising de um amor de esquina
e passei na face da desconhecida as mil faces
que desejei quando ainda se podia desejar alguém

nunca uma pele me foi tão áspera
nunca a palavra rangeu como sino fúnebre

parecendo cicuta na voz noturna
tive vontade de correr por entre viadutos
até que se desenhasse um arcabouço com tintas de girassóis
ou faróis de carros perdidos no asfalto
ou ainda encontrar uma placa de carro
com o desenho da data de minha própria morte

o escombro diário não tem trâmite nem portaria

holocausto ou hecatombe

tudo holofote para mais um super-herói da tecnologia
ou brinquedo para o colecionador de números
que nunca olhou a própria face e a agonia dos afogados

2.715.502 1 ou 808951239-91

nenhuma voz carne ou sangue é capaz de alterar
a minha fisionomia numérica no mundo
e quantas mais forem batizadas um dia
assim condenadas a viver sem arroubos
na assepsia numérica em vigília
"eu vos escuto oh números
e o vosso surto assume veste quadrúpedes"

12

andamos sozinhos por ruínas

Giuseppe Ungaretti

nunca fez tanta falta uma mão solta
          na tarde de domingo
para escalar um coração que chora
ou apanhar uma pedra de Atenas que insiste em resistir
no jardim de ruínas por onde ele passava

ele mergulha em mares antigos
para ver o esqueleto de naus
e busca um baú com a imagem ancestral de seu próprio suicídio
e lá também não encontra a mão tão procurada por Breton

nunca fez tanta falta uma mão solta
          cada dedo uma flauta
para tocar domingos no corpo decomposto
          para tirar a cabeça de dentro do rio e erguê-la como   troféu
para colher os braços da fogueira do quintal
          para cortar a corda e aliviar o pescoço
para juntar o revólver e beijar a bala
          para trazer flores e depositar sobre o colchão

mas nada disso importa
ele jaz escondido debaixo de sua cama

13

não desperteis nem acordeis meu amor,
antes que ela o queira
Cântico dos Cânticos

desde que foi dado a qualquer coração
o itinerário histriônico de um palco onde a sucessão
de camas borda seus lençóis com a gênese de gônadas
        os funerais já previam um berço na escadaria de
Odessa

desde que fui expulso da casa onde mais amei
        os olhos se fixaram na parede de um quarto
e se alojaram nos furos dos tijolos
para não mais se assustar com as gangorras de pneus
que balançam gerações de fantasmas suicidas

se algo subtrai a cor das flores devolvidas
é a ausência do perfume que se precipita
no abismo de uma sacada por onde antes olhei estrelas
com gosto de manhã na pele
                e saliva trocada nos sexos

desde que nasci lavo pés que não são meus
        alimento-me com bocas de outros planetas
durmo com o corpo que é fusão de dois estranhos

e com a luz do sol vejo
            o que dita a bengala
pois meus olhos estão no reboco daquela parede

desde que foi dado a qualquer coração
o itinerário histriônico de um palco onde a sucessão
de camas borda seus lençóis com a gênese de gônadas
      os funerais já previam um berço na escadaria de
Odessa

14

Meu peito dói, um sono insano sobre mim
Pesa, como se eu me tivesse intoxicado
De ópio ou veneno que eu sorvesse até o fim
John Keats *in Ode a um rouxinol*

do hospício que escolhi para alojar
todos os meus delitos
todos os meus assassinatos
todas as prostitutas com quem dormi
todos os cães que me morderam
todos os rostos com flores sujas brotando
pelo corpo

a pestilência de meu hálito devastando impérios
os torturados sob o signo santo da salvação
as fogueiras que acendi sem a mínima intuição cética
os motores que engendrei para o extermínio
os mortos que enterrei debaixo da minha cama
e mais parricídios e homicídios de toda espécie
me foi fechada a porta onde tentei guardar
todos estes resíduos de minha identidade

meu corpo agora abriga a intoxicação de todos os tempos
e cada ferimento

ressoa no insano sino de meus sonhos
eu não sou mais minha carne e meu sonho
eu sou o filho do veneno milenar
eu sou filho do sono insano de cada homem

15

a terra não é terra, é uma pedra

Wallace Stevens *in O homem do violão azul*

a geografia do coração estendido na sala
mesa ou leito
exige uma resposta produzida em laboratório
e não há perfume da alma
nem flor no pára-brisa de um carro
muito menos palavras deduzidas das veias
ou segredos minimamente comungados
porque a ternura casta está na cor aspecto densidade
do parcial de urina que diga amarelo citrino límpido
e número exato da densidade
1019
unido a um exame químico que preveja
albumina .... negativa
glicose .... ausente
cetonas .... ausentes
bilirrubinas .... ausentes
sangue .... ausente
urobilinogênio .... inferior a 1

e mais o acréscimo de uma microscopia comum
onde reinam na lâmina leucócitos hemácias e células epiteliais

mas o amor exige sangue e o hemograma dança
com seus números sobre uma cama sem colchão
        e sem grades porque ambos participam da
inquisição asséptica
e reinam numa fogueira atrás do quintal

eritrócitos
hemácias hemoglobina hematócrito
VCM HCM CHCM RDW e mais %

                        ao lado dos leucócitos ainda
figuram eosinófilos basófilos linfócitos monócitos
com as devidas contagens das plaquetas

a biblioteca do amor reserva uma sorologia para lues
        não reagente
uma pesquisa de anticorpo ANTI HIV1 E HIV2
        não reagente
um imunoensaio com a contagem
        dos antígenos virais utilizados
a não-satisfação do resultado implica o pedido
                sempre terno e suave
de uma contraprova de um amor que não mais pertence
à alma
mas refina-se nas fezes secreções e excrementos
        que dormem nos congelados laboratórios

eis a nova genealogia do amor

16

E aquele homem suou sangue
para fazer essa ferrovia
E o que ele ganhou com isso?
Ezra Pound *in Os cantos, canto XXII*

ganhou um turno de 24 horas contadas
para viver alguns 300 e tantos dias multiplicados
sobre uma mesa com comidas pintadas
pelo vapor e o carvão
e sobre uma cama onde sujou o lençol
com mais um herdeiro de sua ferrovia
dando seqüência à infinidade de naturezas-mortas
expostas nas galerias das horas
enquanto uma cadeira giratória brinca de dizer

que a devastação das vias quebrou a asa de um anjo acordado
porém preso à lápide de um cemitério
com os pés acimentados a uma epígrafe que jamais conseguiu ler
mas as lápides se comunicam por epifanias epigrafadas

que antropofagia absurda
que antropofagia absurda

e assim se ganha um contínuo diálogo das lápides

que andam pelas casas estradas ruas becos prédios vilas
cidades ferrovias
reduzindo o tempo de suas epígrafes
é isto que se ganha Pound

uma antropofagia absurda
uma antropofagia absurda

17

Vivermos, será que na vida se vive?
Não para sempre na terra,
só um pouco no tempo.
Nezahualcóyotl *in Poema asteca*

a calma suicida dos relógios
consome os pulmões que esvoaçam
na fumaça dos cigarros e demais tóxicos
com o mesmo silêncio solitário das casas
e suas janelas abertas nos domingos e feriados
com a mesma tristeza das frutas
espezinhadas no término da feira
com o mesmo vazio das cadeiras escolares
abandonadas após o soar do sino
com o mesmo espanto de nossos avós e bisavós
e seus olhares colados nas paredes das salas

nutre-se das epidermes que dormem
nas varandas
uma cadeira de balanço
marca os ponteiros de uma espera sabida
porém nunca desejada

alimenta-se na mesma mesa
e tem o mesmo anseio dos vermes

a calma suicida dos relógios
não tem tempo para numerar seus funerais
a calma suicida dos relógios
não possui a fúria das enchentes e terremotos
a calma suicida dos relógios
disfarça sua ternura no leite materno
mas devora os seios
na cama dos amantes
mas queima os colchões

a calma suicida dos relógios
se esconde na música poema cheiro amor

só para rir das civilizações

18

Que a terra gema em sua mole indolência:
Não viole o verde das minhas primaveras
Mostrando os dentes, rirei ao sol com insolência:
No asfalto liso hei de rolar as rimas veras!
Maiakóvski *in Blusa fátua*

a última flor do laço está desenhada
na coronha de um revólver que se fez forca
para abraçar a garganta da última primavera

homens arrastam os cabelos na terra
miram o céu com os pés
para suportar as neuroses
claustrofóbicas
e articular as desarmonias das teclas do corpo

na afinação do piano um velório coletivo
cada esquife uma tecla de muitas notas
todas tocadas pelo estampido de um gatilho
mais uma obra de arte da urbanidade
uma tela desenhada a bala
por um artista anônimo que só conhece o vermelho
como cor

e não foi o choro dos santos
porque o choro dos santos não tem textura

19

há gritos intermináveis
berros de terra agitada como uma ventarola
desmantelada
Benjamim Péret *in Hoje*

olhem para suas casas
vamos
olhem para as paredes de suas casas
e tentem desenhar um arco-íris de concreto

procurem desvendar que poder
ou magnetismo que há nestas paredes
mesa cama sofá tapete fogão

que eu estou farto de represas
e procuro nos classificados uma notícia assim

ontem se viu na avenida algo inaudito
todas as mulheres carregavam buquês de flores nas
cabeças

todos os homens as esperavam
de ventres abertos
não houve grito berro nem carros
ontem o mundo silenciou
as televisões foram desligadas e não houve suicídio

ontem a terra parou sua rotação
        e o perfume da última bomba atômica
cometeu suicídio por sentir vergonha

20

Quando o verso é ditado do mais íntimo
Ele imola um escravo em cena aberta
E aqui termina a arte, o pano fecha,
Ao respirar da terra e do destino.
Boris Pasternak *in Poema*

fiz um pacto com minha voz
e desliguei todas as tomadas telefônicas
exercito seu eco na parede branca do apartamento
até obter a resposta desejada

ela nunca vem

tentei outro sinal e afoguei todas as vibrações
na asfixia da fumaça de meus cigarros
um filtro enamorado em minha boca
e só percebi quantos beijos foram desviados
quando desejei alguém para beijar

andei pelo quarto banheiro sala
sempre à procura
de uma garganta que insiste em se esconder
da verdade fria dos objetos

então desencapei todos os fios elétricos com os dentes
e nenhum rosto apareceu para me auxiliar

apenas minha dor preferida se revelou
ao esmagar meus mamilos com alicates
para ver o sangue no umbigo
é que sempre ofereço meu umbigo como taça
mas os homens não sabem beber meu vinho

investiguei o silêncio de cada cadeira
em frente à mesa
olhei cada peça de roupa à espera de meu corpo

fechei todos os poros
todos os canais
mesmo assim ainda vejo
um coro de vozes a ferver na água do macarrão
uma canção que escorre pelo bacio
uma multidão de mortos exibindo os dentes fora da boca
24 horas alimentando minutos e segundos de anseio

e desejei apenas ter forças
para ligar as tomadas e ouvir uma voz
que tenha gosto de trufa e o contorno de um anjo
porém me resta esta mesa de estranhos
a partilha de uma casa que não é minha
e a vontade de uma voz que grite nos meus sentidos
e eu que desejei apenas ter forças
percebi que meus anos haviam morrido

21

Errante e fugitivo vagarás pela terra

Gênesis

não deixei prole
no banquete das horas
minha carne não deixa nenhum participante
no meio do jardim onde flores e bombas
se beijam com a mesma concupiscência
mas a imagem de uma criança abraçada a um girassol
naquele calendário de horas dias e anos
corroídos
levou-me a querer gerar um herdeiro

foi então que passei a namorar
cada ventre exposto na rua
cada mulher que passou por minha cama
cada domingo com suas crianças no parque
cada anúncio de criança perdida
cada brinquedo jogado à rua
até perceber que não me foi dado o sabor da carne
tenra
nem o riso deste papel de parede

sobraram-me os retratos amarelecidos da infância
uma aliança devolvida
e as paredes frias de meu quarto

não deixei prole
        no banquete das horas
meu desejo caminha em outros corpos
não deixei prole
        no banquete das horas

22

Nem só de smoking vive um homem

Graciliano Ramos *in Angústia*

eu sou fruto da urbanidade
        navego pelas artérias de concreto
com a mesma empáfia dos automóveis
com a mesma tristeza metálica das placas solitárias
com o cínico anseio de sucesso

                sim

o homem do sucesso está na rua
passos apressados
        cabeça no relógio
gravata terno sapato

calcula todo tipo de ganho
        administra até o sorriso

tem hora marcada para o sexo
elevador nas veias
            discurso afinado na garganta
e sempre carrega uma calculadora nos olhos

o homem do sucesso tem prédios
            conta no exterior

fala várias línguas
come em restaurantes
mata a solidão nas compras
tem tudo e nada
porque seu sorriso está fixado
na parede de um escritório

o homem do sucesso
não visita pai mãe irmãos
nada de parques e flores
amores só passageiros que é para
não atrapalhar as finanças
ele promove a ciência a arte a tecnologia
gera emprego e renda
e nunca tem tempo para ver o filho nascer

eu sou filho da urbanidade

23

Entraram todos numa floresta onde
se achava mel na superfície do solo
Samuel I,14,25

quando o fantasma se afastar
          da alegoria do corpo
e todos forem apenas a dobradiça
que lateja nos muros da cidade
o mel escorrerá amargo na superfície do solo

uma cadeira em chamas lavará as mãos sujas
          que jogam a cal no calabouço
das últimas carícias
          dos desejos enclausurados
de toda espécie de sentido
porque a moratória da morgue
prevê o vencimento das sensações
muito antes do prazo prometido
e esta necrofilia absurda dos homens
por tudo que ainda respira uma mínima gota de sangue
          por toda pele constituída de sentido
elevou o malthusianismo à categoria de mandato
onde o imperativo é aprisionar a alma o beijo o corpo
a dor o desejo e o último sorriso

até que o mercado exija uma coroa de flores
para apagar os círios dos nossos olhos

24

Deram-me um corpo, só um!
Para suportar calado
Tantas almas desunidas
Murilo Mendes *in O menino experimental*

meu auto-retrato
          está na porta de meu quarto
          uma porta branca
onde moram as ruínas de Atenas
          o império romano
a figura de Van Gogh e Egon Schiele
uma serpente que renasceu no ventre de Eva
          um hieróglifo de Caim e Abel
uma ampulheta de cinzas humanas
a boca de Adão
                uma clepsidra de sangue
            o filho de Abraão
uma feira de frutas de plástico
Homero Paris e Ovídio
          as curvas de Safo
 as leis de Moisés
          a loucura de Heráclito
          uma valsa de roupas
a cicuta de Sócrates
um homem sem rosto

        as certezas de Platão
braços e pernas à procura de homens
a exatidão de Aristóteles
        um beijo vagando no escuro
        elmo e espada
igrejas góticas renascentistas
        minas de carvão
chaminés de fábricas
motores em forma de estômago
nuvens transformadas em instrumentos musicais
robôs ensaiando uma peça de Shakespeare
os retratos de Bosch Dali e Magritte
imagens de guerras pintadas em lágrimas
homens que nunca vi e crianças que nunca tive
        mulheres nuas pegando fogo
e algumas imagens indecifráveis
esta é a litografia de meu corpo
        nunca estou só

25

para Carolina Vieira Cardoso, morta aos 5 anos, eletrocutada
numa cerca de arame, quando procurava seu coelhinho

Por isso, meus rins
se enchem de espasmos
sou presa das dores,
como as dores da parturiente
estou confuso com o que ouço
e atemorizado com o que vejo
Isaías, 21,3,4

vejo uma nuvem Carolina
e nela a abominação de todos os homens
vejo uma nuvem sem moldura
porque está coberta de sangue
vejo uma nuvem sem moldura
porque cabelos de outras meninas
soltam lágrimas
numa pintura de ossos angelicais

Pamelas Aniaras e Carolinas
tudo que queríamos era uma nuvem branca
e passageira
que tomasse aos poucos a forma de um coelho

ou o desenho de um dedo que escrevesse em nossa testa

alguma delicadeza não mercantil

Pamelas Aniaras e Carolinas
desafogo a malignidade do meu destino
deixo para vocês uma placa
epigrafada com minhas lágrimas
eu sou o guardador de sombras

Marco Vasques nasceu em Estância Velha (RS), em 1975. Vive em Santa Catarina desde os 2 anos de idade. Em Joinville foi editor do jornal literário *Capitu Traiu!* e diretor teatral, tendo dirigido vários espetáculos, entre eles *Valsa nº 6*, de Nelson Rodrigues e *Vírgula da vida* ou monólogo coletivo de sua autoria. Tem poemas e contos publicados em vários jornais e revistas do país. É colaborador dos jornais *A Notícia* (Joinville, SC), *Ô Catarina!* (Florianópolis, SC), *Rascunho* (Curitiba, PR), *Leitura & Prazer* (Florianópolis,SC), e, mais recentemente, vem publicando alguns ensaios no *DC Cultura* (Florianópolis, SC). Publicou os livretos alternativos *Poemas* (2002), *Haicais urbanos* (2003), *Haicais urbanos 2* (2003) todos com tiragem de 100 exemplares feitos artesanalmente. Em 2003 publicou o livro de entrevistas - uma espécie de bio-ensaio - *Diálogos com a literatura brasileira* (Volume I) pelas editoras EdUFSC e Movimento.

Este livro foi impresso em maio de 2005 para a Bem-te-vi Produções Literárias Ltda em papel Pólen Soft de 80 gramas, com tiragem de 1000 exemplares pela Imprinta Express Ltda. Rio de Janeiro, RJ.

Este livro foi impresso em maio de 2005 para a Bem-te-vi Produções Literárias Ltda em papel Pólen Soft de 80 gramas, com tiragem de 1000 exemplares pela Imprinta Express Ltda. Rio de Janeiro, RJ.